EIN GESCHENK FÜR

....

VON

....

DATUM

....

Ein Hut für Tom

Max Lucado

Illustriert von David Wenzel

hänssler

KINDERLAND

hänssler
KINDERLAND

Bestell-Nr. 394.440
ISBN 3-7751-4440-4

Edited by Karen Hill
Published by Crossway Books a division of Good News Publishers, 1300 Crescent Street, Wheaton, Illinois 60187, USA.
Worldwide co-edition organised and produced by Lion Hudson plc, Mayfield House, 256 Banbury Road, Oxford, OX2 7DH, www.lionhudson.com
Originaltitel: A Hat for Ivan
Übersetzung: Uta A. Müller

Internet: www.haenssler.de
E-Mail: info@haenssler.de
Satz: Vaihinger Satz + Druck, Vaihingen/Enz
Printed in Singapore

FÜR ART MILLER

Danke, dass du mir (und Millionen anderen) geholfen hast,
den Hut zu tragen, den unser Vater für jeden von uns vorgesehen hat.

HÜTE
BLUMEN

Ein Hut  für Tom

Tom war ein glücklicher Junge.

Er lebte in Hutstadt. Dort trug jeder einen Hut.

Nicht irgendwelche Hüte. Die Ärzte trugen Arzthüte. Die Köche trugen Kochhüte. Die Bauern trugen Bauernhüte. Jeder trug einen Hut und …

Toms Vater war der Hutmacher. Ein sehr guter Hutmacher. Tom liebte es, ihm beim Arbeiten zuzuschauen. Die Leute kamen in seinen Laden, um einen Hut in Auftrag zu geben, und Toms Vater fragte sie: »Was machst du wirklich gern?«

»Ich gehe gern fischen«, sagte ein Mann.

»Kannst du gut fischen?«

»Ja, das kann ich.«

»Dann brauchst du einen Fischerhut.«

Und so stellte Toms Vater einen her – mit einer kleinen Schachtel für die Angelhaken und einem kleinen Eimer für die Köder. Er machte für jeden einen Hut.

Und weil jeder einen Hut trug, wussten alle, was der andere gern und gut machte.

Ein Hut  für Tom

Willst du Blumen? Sprich mit der Dame mit den Rosen auf dem Kopf. Brauchst du eine Wegbeschreibung? Frag den Mann, dessen Hut aus einem Stadtplan gemacht ist. Willst du erfahren, wie man einen Zaun ausbessert? Suche nach dem Burschen, dessen Hut die Form eines Hammers hat.

Jeder trug Hüte, und Toms Vater machte Hüte.

Gab es etwas Besseres? Ja. Einen eigenen Hut zu bekommen.

Tom war dabei, seinen zu bekommen. Mit zehn Jahren feierte jeder Junge und jedes Mädchen den Huttag. Tom war neun und würde bald zehn Jahre alt werden.

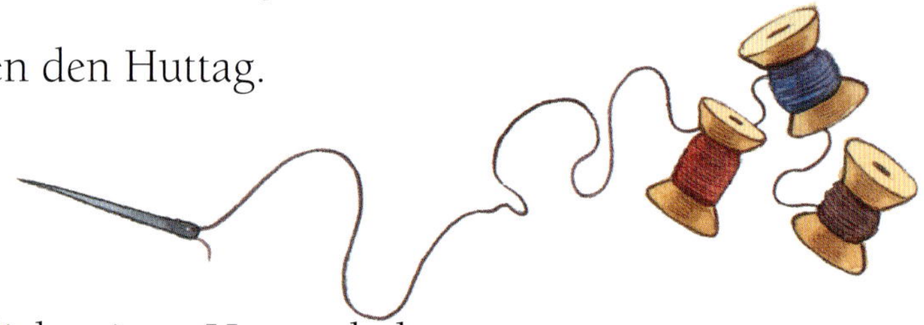

Er konnte es kaum abwarten, endlich seinen Hut zu bekommen.

Wie wird er wohl aussehen?, fragte er sich. Würde es ein Filzhut sein wie der eines Büroangestellten? Leuchtend grün wie der eines Polizisten? Mit Stoffen überzogen wie der eines Schneiders?

Er wusste es nicht. Aber er würde es bald herausfinden.

Tom dachte an nichts anderes als an seinen neuen Hut. Und er sprach über nichts anderes als über seinen neuen Hut. Jedem, dem er begegnete, erzählte er: »Bald ist mein Huttag.«

HÜTE
SCHWIMMER

Ein Hut für Tom

Die Menschen in Hutstadt freuten sich für Tom. Einige hatten ihre eigenen Vorstellungen, was für einen Hut Tom tragen sollte.

Zum Beispiel Felix, der Bäcker. Jeden Morgen ging Tom auf dem Weg zur Schule an dessen Bäckerei vorbei. Und jeden Morgen blieb Tom am Eingang stehen und roch das frisch gebackene Brot. Er konnte Felix nicht immer sehen (Felix war klein und so rund wie seine Kekse), aber er konnte immer seinen wippenden Hut sehen.

Der Hut war groß und so weiß wie die Hochzeitstorten, die Felix machte.

Eines Tages, als Tom zum Schnuppern vorbeikam, wartete Felix schon auf ihn. »Ich habe gehört, dass du bald deinen Hut bekommen wirst.« Er lächelte den kleinen Jungen an.

»Das stimmt«, antwortete Tom voller Stolz.

»Hm, ich habe eine Überraschung für dich. Komm herein!« Und dann ging der Bäcker in seinen Laden zurück und Tom folgte ihm. Was konnte das für eine Überraschung sein? Ein Berliner? Ein Happen Kuchenteig?

Ein Hut  für Tom

Nein. Felix gab Tom nichts zum Essen. Er gab ihm etwas zum Anziehen.

»Ich habe einen Hut für dich!«, verkündete der Bäcker.

Tom war überrascht. Nicht enttäuscht. Nicht glücklich. Nur überrascht. Er dachte, sein Vater, der Hutmacher, würde ihm seinen Hut geben. Aber er konnte sich auch irren. Außerdem wollte Tom seinen Freund nicht verletzen.

»Danke, Herr Felix«, sagte Tom und nahm den Hut.

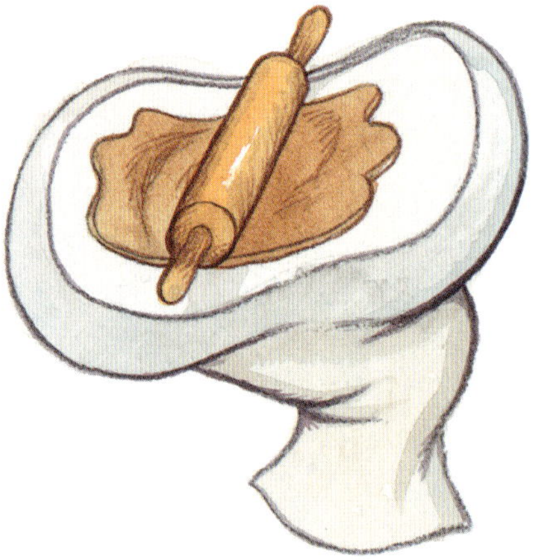

»Na, mach schon, setz den Hut auf.«

Das tat Tom. Aber der Hut war viel zu groß. Er rutschte nicht nur über seine Augen – sondern über sein ganzes Gesicht.

»Das ist o.k., kleiner Freund. Er wird dir bald passen. Trage ihn trotzdem.«

Tom wusste nichts anderes zu sagen als: »Nochmals danke.«

Er drehte sich um und wollte zur Tür hinausgehen. Aber dabei rannte er gegen die Wand. »Hier, ich helfe dir«, bot ihm Felix an und führte seinen Freund zur Tür. »Du siehst großartig aus, genau wie ich.«

Tom wollte sich noch einmal bedanken, aber er stolperte auf der Treppe und fiel flach auf den Rücken.

»Komisch«, sagte er sich, »ich dachte, mein Hut würde besser passen als dieser hier.«

UNTERRICHT

Ein Hut  für Tom

Weil Tom jeden Morgen denselben Weg zur Schule ging, konnte er diesen ertasten. Bald sagte ihm der Geruch von Gänseblümchen und Rosen, dass er sich dem Blumenladen näherte. Als er das Klopfen von Hämmern hörte, wusste er, dass er nahe beim Tischlerladen war. Und Musik sagte ihm, dass er an Fräulein Anitas Klavierladen vorbeiging.

Fräulein Anita liebte Musik. Und Fräulein Anita liebte Tom. Toms Vater hatte ihr einen besonderen Musikhut gemacht – breit, rund, mit winzigen Gitarren auf der Spitze und Klaviersaiten, die von der Hutkrempe herabhingen. Weil am Ende jeder Saite eine Glocke hing, wusste jeder, wenn Fräulein Anita in der Nähe war.

Es war ein eigenartiger Hut, aber er passte perfekt zu Fräulein Anita. Niemand sonst hätte ihn tragen wollen, aber Fräulein Anita wollte nicht ohne ihn sein. Sie liebte ihren Hut, und sie liebte Tom. Und sie liebte es, wenn er stehen blieb, um sie spielen zu hören.

Aber natürlich erkannte sie ihn an diesem Tag nicht.

Alles, was sie sah, war ein großer Hut mit Füßen.

»Wer bist du?«, fragte sie.

Aus dem Hut kam eine gedämpfte Stimme: »Ich bin's, Fräulein Anita. Tom.«

Er hörte ihre schnellen Schritte auf dem Holzboden. »Das ist kein Hut für dich«, erklärte sie, als sie diesen von seinem Kopf zog.

»Nicht?«, fragte er.

»Natürlich nicht! Es gibt nur einen Hut für dich.« Plötzlich verschwand Fräulein Anita in ihrem Studio und kam mit einem Hut heraus, der ganz anders aussah.

»Ich habe ihn nur für dich gemacht. Ich habe tagelang an ihm gearbeitet. Hier, setz ihn auf.«

Tom war überrascht. Nicht glücklich. Nicht enttäuscht. Nur überrascht. Er hatte noch nie einen solchen Hut gesehen. »Komisch«, sagte sich Tom, »Fräulein Anita ist eine gute Musikerin, aber sie ist keine gute Hutmacherin.«

Eine Pikkoloflöte hing auf einer Seite herunter und Notenblätter klebten oben auf dem Hut. Glocken und Pfeifen fielen direkt in Toms Gesicht, und ein Trommelschlegel hing wie ein Pferdeschwanz seinen Rücken herunter.

»Es sieht perfekt aus«, erklärte Fräulein Anita, »dieser Hut wurde nur für dich gemacht.«

Tom lächelte. Die Musiklehrerin drehte sich um, ging in ihr Studio zurück und war mit sich zufrieden. Nun hatte Tom zwei Hüte. Einen in seiner Hand und einen auf seinem Kopf. Er wollte eigentlich keinen der beiden Hüte tragen, aber er wollte niemanden verletzen.

Ihm blieb nichts anderes übrig, als seinen Weg zur Schule fortzusetzen. Aber der Sohn des Hutmachers war kaum die Straße hinuntergegangen, da tauchte schon das nächste Problem auf.

Ein Hut für Tom

»Tom!« Die Stimme war tief und kräftig und gehörte Bruno, dem Feuerwehrmann. »Was hast du denn da auf deinem Kopf?«

»Fräulein Anita hat ihn mir gegeben.«

»Aus Spaß?«

»Nein, ganz im Ernst.«

»Es ist gut, dass ich vorbeikomme. Ich weiß, dass du bald deinen Huttag hast; deshalb habe ich dir ein Geschenk mitgebracht.«

Nun wurde Tom schon zum dritten Mal an diesem Tag ein Hut aufgesetzt.

Dieser Hut war wie Brunos – groß und rot und glänzend.

Ein Stück Wasserschlauch war um den Hut gewickelt, und eine kleine Leiter ragte darauf empor. Der große Feuerwehrmann hielt den Hut fest, während Tom das Band um sein Kinn festzog.

Ein Hut  für Tom

»Das nenne ich einen Hut«, brummte Bruno mit seiner tiefen Stimme.

Tom trat einen Schritt zurück und fiel dabei nach hinten. Der Hut war so groß und schwer, dass der Junge das Gleichgewicht nicht halten konnte. Bruno half ihm auf, trat einen Schritt zurück, und Tom fiel wieder hin.

»Du wirst dich an den Hut gewöhnen«, sagte Bruno ihm. »So wie ich.« Und damit drehte er sich um und ging davon.

Tom versuchte mehrmals aufzustehen, aber fiel immer wieder nach hinten. Er ging ein paar schnelle Schritte rückwärts, bis er mit seinem Rücken gegen eine Mauer stieß. »Danke, Herr Bruno«, rief er, obwohl er gar nicht dankbar war. *»Komisch«*, dachte sich Tom, *»es ist leicht für Bruno, diesen großen Hut zu tragen, aber es ist schwer für mich.«*

Er war verwirrt. Als er das Haus verlassen hatte, hatte er keine Hüte. Nun besaß er drei, und er mochte keinen von ihnen. Mit einem konnte er nichts sehen. Mit dem anderen wollte er nicht gesehen werden, und mit dem dritten konnte er nicht aufstehen. Was sollte er tun?

Ihm blieb nichts anderes übrig, als zur Schule zu gehen. Mit der linken Hand hielt er den schweren Hut auf seinem Kopf fest und in der rechten Hand hielt er die anderen beiden Hüte. So bewegte er sich vorsichtig den Rest des Weges vorwärts.

Ein Hut für Tom

Es wurde in der Schule nicht besser; es wurde schlechter. Seine Hüte störten den Unterricht. Als er den Hut des Bäckers aufsetzte, kicherten alle.
Als er den Musikhut trug, machte er zu viel Krach. Dann versuchte er Brunos Hut auf seinem Kopf zu balancieren, fiel aber von seinem Stuhl.

»Tom«, entschied schließlich die Lehrerin, »du solltest besser nach Hause gehen.«

Tom war traurig, aber er wusste, dass sie Recht hatte. Er wusste immer noch nicht, was er tun sollte. Er hatte zu viele Hüte!

Und auf dem Weg nach Hause bekam er noch viel mehr. Der Bauer gab ihm einen Strohhut mit einem Tuch – als Sonnenschutz. Der Imker schenkte ihm einen Netzhut – um die Bienen fern zu halten. Der Förster gab ihm eine Wollmütze – um die Ohren warm zu halten. Der Clown gab ihm einen Spitzhut in vielen bunten Farben. Und der Buchhändler gab ihm einen Hut, der die Form eines Wörterbuchs hatte.

Ein Hut für Tom

Tom hatte bald so viele Hüte, dass er sie fast nicht tragen konnte. Er ließ einen fallen, und wenn er sich bückte, um ihn aufzuheben, fiel ein anderer Hut herab.

Endlich hatte er alle im Griff, als er plötzlich Felix, den Bäcker, sah.

Oh nein, dachte er, *ich trage den Bauernhut.* Er ließ alle Hüte fallen und konnte gerade noch den Bäckerhut auf seinen Kopf setzen – und über seine Augen –, bevor ihn Felix entdeckte.

»Sieht toll aus, Tom«, rief Felix.

Tom klang müde. »Danke.«

Es war schwer genug, die Hüte zu tragen, aber nun waren auch noch Toms Augen bedeckt.

Er konnte nicht sehen, wohin er ging. Er musste eine Pause machen, als er er das Geklingel winziger Glocken hörte. Es war Fräulein Anita!

Wörterbuch

Tom nahm den Bäckerhut ab und setzte gerade noch rechtzeitig den Musikhut auf.

»Oh, du siehst wundervoll aus!«, rief Fräulein Anita, als sie vorbeiging.

Tom hatte gerade damit begonnen, seine restlichen Hüte aufzusammeln, als er Brunos tiefe Stimme hörte. »Tom, bist du es?«

So schnell er konnte, vertauschte Tom den Musikhut mit dem Feuerwehrhut. »Ich bin's«, sagte er, stand auf und fiel dann nach hinten … nach hinten … nach hinten, bis er auf seinem Hinterteil landete.

Bruno sah nicht, wie Tom fiel; er verschwand gerade um die Ecke.

»Sieht super aus, mein Freund«, rief ihm Bruno über die Schulter zu.

»Danke«, murmelte Tom vor sich hin. Er war so müde, dass er noch nicht einmal versuchte aufzustehen. Er blieb einfach sitzen … inmitten seiner Hüte.

Ein Hut für Tom

»Es sieht aus, als hättest du einen tollen Tag hinter dir.«

Tom konnte sich nicht erinnern, dass eine Stimme jemals so schön geklungen hätte.

»Vater!«, rief er und sprang auf. »Du wirst es nicht glauben, was heute passiert ist. Alle haben mir einen Hut gegeben und …«

»Keiner von ihnen hat gepasst.« Die Stimme seiner Vaters unterbrach ihn.

»Das stimmt«, sagte der Junge.

»Und das hat dich müde gemacht?«

Tom nickte.

»Aber du willst niemanden verletzen?«

Tom schüttelte den Kopf.

Sein Vater legte den Arm um seinen Sohn.

»Das ist richtig.« Tom hielt inne. »Wie konntest du das wissen?«

Wörterbuch

»Ich bin der Hutmacher, Tom. Ich habe gesehen, was passiert, wenn Leute Hüte tragen, die sie eigentlich nicht tragen sollen. Sie kommen sich blöd vor. Sie fallen hin. Und sie werden müde.«

Toms Vater kniete sich hin und wischte einen Schmutzfleck von Toms Wange.

»Hör zu, Sohn, wenn dir jemand einen Hut gibt, heißt das noch lange nicht, dass du ihn tragen musst. Sie meinen es gut, aber sie kennen dich nicht. Das ist meine Aufgabe. Ich bin der Hutmacher, und ich bin dein Vater.«

»Wirst du also einen Hut nur für mich machen?«

»Das werde ich. Du brauchst nur zu fragen.«

»Oh, bitte, Vater.« Tom lächelte. »Das würde mir sehr gefallen.«

»Gut, lass uns die Hüte aufsammeln und nach Hause gehen.«

Während der Hutmacher und sein Kind nach Hause gingen, fragte der Vater: »Erzähl mir, Tom, was machst du wirklich gern?«